LE PREMIER CHIEN ET LE PREMIER PANTALON

TEXTE

PAR P.-J. STAHL

DESSINS DE LORENZ FRŒLICH

BIBLIOTHÈQUE
D'ÉDUCATION ET DE RÉCRÉATION
J. HETZEL & Cie, 18, RUE JACOB
PARIS

LE

PREMIER CHIEN

ET LE

PREMIER PANTALON

Strasbourg, typogr. de G. Fischbach, succr de G. Silbermann. — 2804.

LE PREMIER CHIEN
ET
LE PREMIER PANTALON

VIENS VITE, DIT LA PETITE MAMAN, TU VAS VOIR.

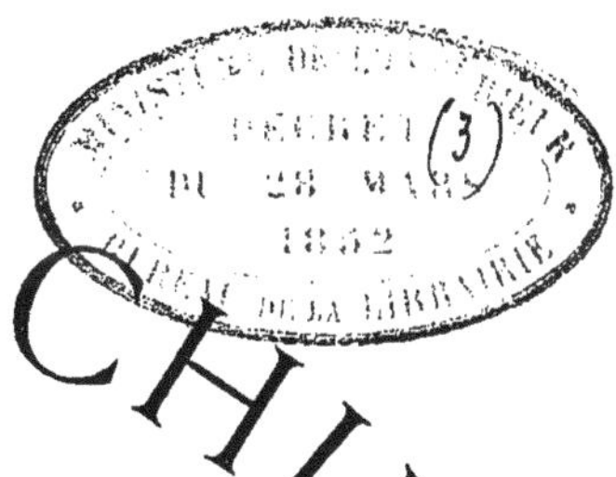

LE PREMIER CHIEN ET LE PREMIER PANTALON

TEXTE

PAR P.-J. STAHL

DESSINS DE LORENZ FRŒLICH

BIBLIOTHÈQUE
D'ÉDUCATION ET DE RÉCRÉATION
J. HETZEL & Cie, 18, RUE JACOB
PARIS

—

LE PREMIER CHIEN

I

La bonne chienne Cora est devenue la maman de six délicieux petits chiens. La pauvre bête ne peut pas se lasser de les contempler. Monsieur Jujules non plus. Un de ces chiens sera son chien, son premier. Monsieur Jujules sera le maître d'un de ces petits animaux-là. Il voudrait savoir lequel? Ils sont tous très, très jolis. Mais ce sont des gourmands. Jujules a très peur que si on les laisse faire, ils ne finissent par manger leur maman. Le fait est qu'ils ont l'air d'en avoir très envie. La petite Marie, qui est tout à la fois la grande sœur et la petite maman de Monsieur Jujules, n'a pas peur de cela. Elle sait bien que jamais un petit chien n'a mangé sa maman, même sans le faire exprès, et que les petits enfants de Cora se contenteront de lui prendre son bon lait. Mais comme elle voit que c'est très fatigant pour les mamans de nourrir leurs petits enfants, elle a fait une grande soupe à Cora pour la fortifier. Cora est trop occupée maintenant pour songer d'elle-même à son dîner. Il faut bien que Marie y pense pour elle.

ET LE PREMIER PANTALON

CORA EST TROP OCCUPÉE MAINTENANT POUR SONGER A SON DINER.
IL FAUT BIEN QUE MARIE Y PENSE POUR ELLE.

LE PREMIER CHIEN

II

Les petits chiens ont grandi très vite. Monsieur Jujules trouve que c'est bien malheureux. Sa maman a dit hier qu'il n'était pas possible de garder tant de chiens dans une seule maison, et ce matin elle a ajouté qu'il fallait tout de suite commencer à en donner. Tout le monde veut en avoir, mais on ne les donnera pas tous. On sera très difficile; on ne peut pas donner les enfants de Cora à des personnes qui n'auraient pas la réputation d'aimer beaucoup les animaux. C'est sa sœur Marie qui choisira elle-même les personnes, et c'est Jujules qui les portera pour bien voir si, dans les maisons où il les porte, tout est bien arrangé pour le bonheur des bêtes. Celui qu'il a dans son panier est pour sa tante Félicie. C'est un très bon choix de Marie; tante Félicie adore les chiens. Cora veut accompagner Jujules. Elle veut savoir ce que vont devenir ses enfants.

Les petits frères du chien donné sont bien étonnés de voir leur frère dans un panier et prêt à partir. Lui, sous le couvercle, il ne sait que penser et se dit :

«Qu'est-ce qui se passe ?»

ET LE PREMIER PANTALON

COBA VEUT ACCOMPAGNER JUJULES.

ELLE VEUT SAVOIR CE QUE VONT DEVENIR SES ENFANTS.

LE PREMIER CHIEN

III

Tante Félicie a été si contente de voir arriver son petit chien, qu'elle a donné à Jujules, en échange, un petit chat qui s'appelle Toto. Cora satisfaite de tout ce qu'elle a vu chez la tante Félicie, après avoir bien embrassé son fils, lui avoir dit adieu, à revoir et à bientôt, a consenti à rapporter elle-même le petit Toto à la maison. Les voilà en route pour le retour. La tante Félicie ne demeure pas loin du tout de la maison de Jujules. On se fera tous les jours des visites. On voisinera. On n'est pas perdu l'un pour l'autre, quand on est séparé par une si petite distance.

ET LE PREMIER PANTALON

CORA A CONSENTI A RAPPORTER ELLE-MÊME LE PETIT TOTO A LA MAISON.

LE PREMIER CHIEN

IV

A l'exception de deux, et successivement, pour ne pas faire trop de peine à Cora, tous les petits chiens ont été bien placés, dans d'excellentes conditions. Ils ont tous de très bons maîtres et de très bonnes maîtresses. Aucun ne pourra se plaindre. Cora elle-même, à la fin, a paru très rassurée. Des deux chiens qu'on a gardés, l'un s'appelle Bob, c'est le chien de Marie, et l'autre Tape-à-l'Œil, c'est le chien de Monsieur Jujules. Bob est très aimable, mais il est très coureur. Il n'a qu'une idée, dès qu'une porte est ouverte, c'est d'aller se promener. Jujules et Cora ont fort à faire de courir après lui et de le ramener à la maison. Quand il est pris, Bob ne se fâche pas; — mais si Jujules ne prend pas ce monsieur dans ses bras pour le faire rentrer, il n'y a pas de risque qu'il rentre sur ses pattes. On dirait que ses jambes ne peuvent marcher que pour s'en aller. Marie finira par le mettre à la raison. Sa maman a été un peu malade, et c'est pour cela qu'elle n'a pas encore pu faire l'éducation de son petit Bob, mais il ne perdra rien pour attendre. Marie est très douce, mais elle sait très bien se faire obéir; demandez plutôt à Jujules, qui, grâce à sa grande sœur, devient plus sage tous les jours.

ET LE PREMIER PANTALON

SI JUJULES NE PREND PAS CE MONSIEUR DANS SES BRAS POUR LE FAIRE RENTRER, IL N'Y A PAS DE RISQUE QU'IL RENTRE SUR SES PATTES.

V

Pendant que Monsieur Jujules s'occupait du chien de sa sœur, il a été obligé de négliger un peu son petit Tape-à-l'Œil. Il paraît que Monsieur Tape-à-l'Œil, un peu jaloux, n'était pas bien content de ça. Quand son petit maître voulut s'occuper de lui, lui apprendre à venir quand il l'appelait, et à le suivre, Tape-à-l'Œil fit celui qui ne veut pas comprendre. C'est quelquefois très boudeur, les petits chiens. Monsieur Jujules, sur le conseil de Marie, essaya d'abord de la douceur, des bons procédés; il lui faisait des risettes, il lui offrait de gentils morceaux de pain, et même des os encore bien garnis. Tape-à-l'Œil — mangeait le pain, — acceptait les os d'un air renfrogné, mais rien ne pouvait le faire bouger quand cela ne lui disait pas. Jujules, à son grand regret, fut obligé d'employer les grands moyens. Il lui attacha autour du cou une longe qu'il avait empruntée à l'âne de son papa. — Ce fut une bien autre affaire. — Tape-à-l'Œil, ce jour-là, s'assit sur ses pattes de derrière; — Monsieur Jujules eut beau tirer, — un chien de pierre n'aurait pas été plus immobile; — que faire?

« Donne-le moi, dit Marie, avec toi il se butte; au bout de quelques jours je finirai bien par en venir à bout. — Oh! dit Monsieur Jujules, ça ne sera pas facile, c'est un vilain têtu... »

ET LE PREMIER PANTALON

MONSIEUR JUJULES EUT BEAU TIRER, — UN CHIEN DE PIERRE N'AURAIT PAS ÉTÉ PLUS IMMOBILE.

LE PREMIER CHIEN

VI

Le fait est qu'entre les mains de Marie, son chien à elle, Bob, qui était pourtant un fier étourdi, avait fini par devenir un chien parfait sans qu'il eût jamais été besoin de le conduire au bout d'une corde. C'était plaisir de les voir ensemble. Il la suivait partout, sautant, gambadant, toujours gai, toujours frétillant, et, qui mieux est, toujours complaisant et très obéissant.

Le matin, pendant que sa maman allait au pré pour faire sa provision d'herbe pour la vache, Marie entrait dans le bois avec son Bob pour y ramasser du bois mort et rapporter un petit fagot à la maison. Bob, qui comprenait très bien de quoi il s'agissait, allait, venait, furetait autour des grands arbres, et quand il avait trouvé une branche de bois bien sec, il la rapportait gentiment à Marie. « C'est autant de peine de moins pour elle, » se disait sans doute le bon Bob.

Marie eut plus de peine avec Tape-à-l'Œil, parce que son éducation avait mal commencé, — pourtant elle finit par réussir; mais quelle patience! et que de temps aussi!

ET LE PREMIER PANTALON

BOB ALLAIT, VENAIT, FURETAIT AUTOUR DES GRANDS ARBRES, ET QUAND IL AVAIT TROUVÉ UNE BRANCHE DE BOIS BIEN SEC, IL LA RAPPORTAIT GENTIMENT A MARIE.

LE PREMIER CHIEN

VII

Tant que Tape-à-l'Œil resta petit, son éducation n'alla pas vite. Ce ne fut que quand l'âge de raison lui vint qu'il commença à devenir aimable. Au bout d'un certain temps, le changement fut tel que tout le monde s'en émerveillait; Tape-à-l'Œil était méconnaissable. Son caractère et son poil lui-même s'étaient modifiés : ses taches avaient disparu. C'est étonnant les changements que l'âge peut opérer sur certaines bêtes et même sur certaines personnes. Seulement si pour faire d'un enfant blond et insupportable un homme à tête blanche et raisonnable, il faut cinquante ans, six mois avaient suffi à Tape-à-l'Œil. Soit au moral, soit au physique, c'était une autre bête, et au lieu de son air têtu et sournois, il était devenu un chien qui ne demande qu'à rire ; — tout l'amusait, même les taquineries de son ami Jujules, qui ne les lui épargnait guère. La prudente petite Marie, qui se rappelait ses défauts passés, mit du temps à se fier tout à fait à la conversion du pauvre Tape-à-l'Œil, — et quand elle voyait, du seuil de la maison, Jujules trop agacer son ami, elle ne pouvait se retenir de leur crier à tous les deux : « Voilà de vilains jeux, cela va mal finir. » En quoi, bien heureusement, elle se trompait. La conversion de Tape-à-l'Œil était sincère ; — mais qui pourrait en vouloir, soit aux petites, soit aux grandes mamans, d'être toujours inquiètes pour leurs enfants? Mieux vaut un bon conseil de trop que pas de conseil du tout : un malheur est si vite arrivé! La vérité est que Tape-à-l'Œil était entièrement corrigé. A l'heure où je vous parle, il est devenu un modèle de toutes les qualités qu'un bon chien peut avoir: serviteur docile, gardien vigilant — et bon père, car il a de nombreux enfants.

ET LE PREMIER PANTALON

TOUT L'AMUSAIT, MÊME LES TAQUINERIES DE SON AMI JUJULES QUI NE LES LUI ÉPARGNAIT GUÈRE.

VIII

Il est bon d'aimer son chien, mais le moment est venu de dire qu'il est toujours prudent de se méfier des chiens qu'on ne connaît pas. Jujules, qui ne savait pas encore cela, a rencontré dans les champs un gros chien, avec lequel il a voulu rire tout de suite, comme avec son ami Tape-à-l'Œil. Le gros chien s'est fâché, il s'est jeté sur Jujules pour le mordre; Jujules s'est sauvé, mais le chien l'a rattrapé par sa blouse.

Jujules a eu une peur terrible.

ET LE PREMIER PANTALON

LE GROS CHIEN S'EST FACHÉ, IL S'EST JETÉ SUR JUJULES
POUR LE MORDRE.

IX

Heureusement la petite maman n'était pas loin; en entendant les cris de son Jujules, elle est accourue comme une petite lionne, et elle a bien vite fait lâcher prise au méchant chien. Jujules en sera quitte pour sa blouse déchirée; mais sa peau n'était pas loin de sa blouse; un peu plus, elle était entamée.

— C'est bien heureux, lui dit sa sœur, que tu n'aies pas encore été en culotte. Ce n'est pas un vêtement flottant, les pantalons, ça ne peut pas tromper les chiens, tu aurais bien pu sentir les crocs de celui-là...

— C'est égal, ma Marie, répondit Monsieur Jujules, je voudrais être en culotte; quand on est en culotte, on est grand, on est un homme, et les chiens ont peur de vous; quand donc elle sera faite, ma culotte?

— Demain pour sûr, lui dit Marie.

— Bien vrai? s'écrie Monsieur Jujules pâle de bonheur et rayonnant de joie.

— Bien vrai, répond la petite maman.

ET LE PREMIER PANTALON

JUJULES EN SERA QUITTE POUR SA BLOUSE DÉCHIRÉE.

LE PREMIER CHIEN

X

Monsieur Jujules n'y croira, à ce premier pantalon, que quand il sera dedans. C'est aujourd'hui qu'il devait l'étrenner.

Il s'est levé de très bonne heure pour aller voir quel temps il faisait. Sa sœur lui fait voir qu'il y a de la boue dans le chemin.

«Il a plu pendant la nuit. Il faut attendre que le temps sèche! On ne peut pas mettre son premier pantalon, un pantalon tout neuf, par un temps pareil. Dans une heure, si la pluie ne recommence pas, nous pourrons sortir peut-être...»

ET LE PREMIER PANTALON

IL S'EST LEVÉ DE TRÈS BONNE HEURE POUR ALLER VOIR QUEL TEMPS IL FAISAIT.

XI

Monsieur Jujules, qui depuis trois jours n'a vécu que pour entrer en jouissance de son premier pantalon, n'est pas content, la déconvenue est trop cruelle. Il répond à sa sœur Marie que dans une heure ce serait trop tard, et Marie ayant voulu lui faire entendre qu'une heure ce n'était pas déjà si long, Monsieur Jujules très fâché s'est permis de lui tirer la langue.

Pour lui faire voir que c'est très laid d'avoir comme ça la langue hors de sa bouche, Mademoiselle Marie la tire à son tour à son frère; Monsieur Jujules n'est pas du tout satisfait que sa sœur ose ainsi se moquer de lui. Elle devrait bien comprendre que quand on attend trop son premier pantalon, on ne peut pas être de bonne humeur.

ET LE PREMIER PANTALON

MONSIEUR JUJULES TRÈS FACHÉ S'EST PERMIS DE LUI TIRER LA LANGUE.

XII

Monsieur Jujules a fini par obtenir de sa sœur qu'elle commençât à l'habiller. Mademoiselle Marie, pour lui faire prendre patience, lui a jeté sa blouse sur la tête; mais je ne crois pas que le moyen ait paru bon à Monsieur Jujules. Il est troublé, il est perdu dans sa blouse comme dans un sac. Il ne sait pas trouver le trou des manches. Il ne sait rien faire tout seul, Monsieur Jujules; sa sœur Marie le gâte, et je crois qu'elle va se décider pour cette fois encore à l'aider.

ET LE PREMIER PANTALON

IL NE SAIT RIEN FAIRE TOUT SEUL, MONSIEUR JUJULES.

XIII

Monsieur Jujules est en possession de son pantalon; il n'y a plus qu'un bouton à mettre et Monsieur Jujules sera un homme absolument comme son papa.

Cela le gêne bien un peu, le pantalon; on n'est pas à son aise partout comme quand on n'en a pas; mais c'est égal, il est très content. Mademoiselle Marie déclare que Monsieur Jujules est superbe, et Monsieur Jujules est tout à fait de son avis.

ET LE PREMIER PANTALON

IL N'Y A PLUS QU'UN BOUTON A METTRE ET MONSIEUR JUJULES SERA UN HOMME ABSOLUMENT COMME SON PAPA.

XIV

Cependant le chemin n'est pas encore sec. Comment faire? La bonne Marie s'est décidée à aller chercher l'équipage de Monsieur Jujules. Une promenade en voiture ça vaut mieux qu'une promenade à pied quand il a plu; d'ailleurs cela permettra d'emmener Mademoiselle Julie, la poupée de Marie, à laquelle Monsieur Jujules a consenti à faire une très bonne petite place.

ET LE PREMIER PANTALON

UNE PROMENADE EN VOITURE ÇA VAUT MIEUX QU'UNE PROMENADE A PIED QUAND IL A PLU.

XV

Mais bientôt Monsieur Jujules s'est ennuyé de cette promenade en voiture. Quand on est en voiture on ne voit seulement pas son pantalon, et d'ailleurs les hommes sont pour aller à pied.

La bonne Marie a consenti à s'arrêter. Monsieur Jujules a voulu s'élancer tout seul de sa voiture. Il s'est trop pressé. Il est tombé. Il a sali sa blouse...

Mais un malheur ne vient jamais seul.

ET LE PREMIER PANTALON

MONSIEUR JUJULES A VOULU S'ÉLANCER TOUT SEUL DE SA VOITURE.
IL S'EST TROP PRESSÉ, IL EST TOMBÉ, IL A SALI SA BLOUSE.

XVI

Ah! la promenade n'a pas été longue. Qu'est-ce qui a pu encore arriver? Mademoiselle Julie, la poupée, a été la première à demander à rentrer; elle paraissait même choquée, si choquée qu'elle est allée se cacher dans une armoire. Quant à Monsieur Jujules, qu'a-t-il bien pu faire de son superbe pantalon neuf qu'il ne l'a déjà plus? Est-ce que ce serait lui que nous voyons là par terre, sur le plancher, comme une chose qu'on ne se donne même pas la peine de ramasser? Tout ce que je puis dire, c'est que Monsieur Jujules n'a plus du tout l'air fier qu'il avait tout à l'heure, et à la façon dont sa petite maman lui tient le bras, on voit qu'elle n'est pas fière non plus de son Jujules.

ET LE PREMIER PANTALON

MONSIEUR JUJULES N'A PLUS DU TOUT L'AIR FIER QU'IL AVAIT TOUT A L'HEURE.

XVII

Elle l'est si peu, la pauvre petite maman. Elle est si peu contente, qu'elle a cru devoir mettre Monsieur Jujules en pénitence, le nez contre le mur et les mains croisées derrière le dos, comme les empereurs quand tout ne va pas à leur idée. Le pauvre Jujules est bien coupable, mais il est bien à plaindre; il a l'air d'être changé en statue. Il ne sait pas du tout comment cela a pu se faire : c'est un bien malheureux accident. Bien sûr, il ne recommencera plus.

ET LE PREMIER PANTALON

LE PAUVRE JUJULES EST BIEN COUPABLE, MAIS IL EST BIEN À PLAINDRE.

XVIII

Je m'en étais douté, il ne l'avait pas fait exprès. Il a tant pleuré, tant sangloté, il s'est si bien repenti, que sa petite maman s'est laissée attendrir. Mais Jujules ne peut pas plus s'arrêter de pleurer que, tout à l'heure, il n'a pu se retenir d'autre chose. Marie a bien de la peine à le consoler : « Voyons, c'est fini, je ne suis plus fâchée, n'aie donc plus de chagrin. »

MARIE A BIEN DE LA PEINE A LE CONSOLER.

XIX

La paix est faite complètement. Marie a embrassé son Jujules, mais Jujules dit : «En...encore! encore!» Son cœur est toujours bien gros. Ce pauvre Jujules, il a eu bien du malheur, c'est vrai; mais que celui à qui quelque chose de pareil n'est jamais arrivé lui jette la première pierre.

ET LE PREMIER PANTALON

LA PAIX EST FAITE COMPLÈTEMENT. MARIE A EMBRASSÉ SON JUJULES.

XX

Jujules est rentré, mais pas tout de suite, pas le jour même, dans son magnifique pantalon. Tout a été réparé; il n'y paraît plus. Marie lui recommande de faire bien attention; mais elle peut être tranquille. Monsieur Jujules n'avait pas trouvé la chose agréable; il est bien résolu à ce qu'elle n'arrive plus jamais, jamais.

MARIE LUI RECOMMANDE DE FAIRE BIEN ATTENTION.

XXI

Il n'y a rien à dire, Monsieur Jujules est corrigé. Nous ne parlerons plus jamais de tout cela. C'est trop pénible. Oublions-le...

ET LE PREMIER PANTALON

MONSIEUR JUJULES EST CORRIGÉ.

XXII

Depuis qu'il porte pantalon, Monsieur Jujules ne doute plus de rien; il prétend qu'il sait ouvrir les portes tout seul, et qu'il pourra très bien reporter lui-même le pot de raisiné dans le garde-manger, et la vérité est qu'il y arrive. Ah! son éducation est bien avancée. Tape-à-l'Œil est très content de son petit maître, et Mademoiselle Marie n'a que des compliments à faire à son élève.

FIN

ET LE PREMIER PANTALON

IL PRÉTEND QU'IL SAIT OUVRIR LES PORTES TOUT SEUL.

ÉDUCATION & RÉCRÉATION

18, Rue Jacob, 18

PARIS

J. Hetzel & Cie

JOURNAL ILLUSTRÉ DE TOUTE LA FAMILLE

MAGASIN ILLUSTRÉ

D'ÉDUCATION ET DE RÉCRÉATION

COURONNÉ PAR L'ACADÉMIE FRANÇAISE

DIRIGÉ PAR

JEAN MACÉ, P.-J. STAHL, JULES VERNE

La collection complète du *MAGASIN D'ÉDUCATION* se compose de 32 beaux volumes grand in-8° illustrés. **(Il paraît deux volumes par an.)**

Prix : brochés, **224** fr.; *cart., dorés,* **320** fr. — *Séparés, brochés,* **7** fr.; *cart., dorés,* **10** fr.

EN PRÉPARATION POUR L'ANNÉE 1881 :

Un Roman inédit de JULES VERNE. — *Les Pupilles de l'Abbé Fulgence*, par HENRY FAUQUEZ. — *Contes et nouvelles*, par PROSPER CHAZEL, HENRY FAUQUEZ, BENTZON, DUPIN DE ST-ANDRÉ, NICOLE, BÉNÉDICT, C. LEMONNIER, LERMONT, B. VADIER, dessins des meilleurs artistes.

Les tomes XXV à XXX contiennent comme ouvrages principaux :

JULES VERNE : *La Maison à vapeur*, *Les Cinq cents millions de la Bégum*, dessins de BENETT; *Hector Servadac*, dessins de P. PHILIPPOTEAUX. — P. J. STAHL : *Maroussia*, dessins de TH. SCHULER; *les quatre Filles du docteur Marsch*, dessins d'ADRIEN MARIE, *le Paradis de M. Toto*, dessins de J. GEOFFROY; *Un pot de crème pour deux*, *les Groseilles pas mûres*, *les Enfants de Cora*, dessins de L. FRŒLICH. — LUCIEN BIART : *Monsieur Pinson*, dessins de H. MEYER; *Aventures de deux enfants dans un parc*, dessins de L. FRŒLICH. — E. LEGOUVÉ, de l'Académie : *Le Sommeil*, *Bonne âme, belle âme, grande âme*, *Leçons de lecture*, *etc.* — VICTOR DE LAPRADE, de l'Académie : *Petits ingrats*, *le petit Soldat*, *Soyez des hommes*, *Travaillons*, *etc.* — A. DEQUET : *Mon Oncle et ma Tante*, dessins de J. GEOFFROY. — E. EGGER, de l'Institut : *Histoire du Livre*. — J. MACÉ : *La France avant les Gaulois*, dessins de F. PHILIPPOTEAUX. — CH. DICKENS : *L'Embranchement de Mugby*, dessins de AUFRAY. — P. CHAZEL : *Riquette*, dessins de LIX. — Dr CANDÈZE : *La Gileppe*, *Aventures d'un Grillon*, dessins de C. RENARD. — C. LEMONNIER : *Idylle d'un petit Commissionnaire*, dessins de BECKER; *la Nuit de Noël*, *Noël au village*, *la Bataille des petits Soldats*, *la Saint-Nicolas*, dessins de J. GEOFFROY. — HENRY FAUQUEZ : *Souvenirs d'une pensionnaire*, dessins de J. GEOFFROY. — J. LERMONT : *L'Oiseau de Tilly*, *la Maison de Nanny*, *etc.*, dessins de J. GEOFFROY. — F. DUPIN DE SAINT-ANDRÉ : *Histoire d'une bande de canards*, *Littérature et Confitures*, *la vieille Casquette, les Malheurs de Dora, etc.*, dessins de J. GEOFFROY. — TH. BENTZON : *La petite Ramasseuse de cendres, un Conte d'hiver en Alsace, le petit Violon, une Famille de Chats, etc.*, dessins de J. GEOFFROY. — BENEDICT : *La Mouche de Tony, le Noël des petits Ramoneurs, etc.* — G. NICOLE : *La Sakieh, le Chibouk du Pacha, etc., etc.*, dessins de RIOU. — B. VADIER : *L'Ermite de dix ans, etc.*

Les tomes I à XXIV renferment comme œuvres principales :

L'Ile mystérieuse, Les Aventures du Capitaine Hatteras, Les Enfants du Capitaine Grant, Vingt mille lieues sous les mers, Aventures de trois Russes et de trois Anglais, Le Pays des Fourrures; Michel Strogoff, de Jules VERNE. — *La Morale familière* (cinquante contes et récits), *Les Contes anglais, La famille Chester, Histoire d'un Ane et de deux jeunes Filles, La Matinée de Lucile, Le Chemin glissant, Une affaire difficile, L'Odyssée de Pataud et de son chien Fricot*, de P.-J. STAHL.—*La Roche aux Mouettes*, de Jules SANDEAU. — *Le nouveau Robinson suisse*, de STAHL et MULLER.— *Romain Kalbris*, d'Hector MALOT. — *Histoire d'une maison*, de VIOLLET-LE-DUC.— *Les Serviteurs de l'Estomac, Le Géant d'Alsace, L'Anniversaire de Waterloo, Le Gulf-Stream, La Grammaire de mademoiselle Lili, Un Robinson fait au collège*, de Jean MACÉ. — *Le Denier de la France, La Chasse, Le Travail et la Douleur, A Madame la Reine, Un premier symptôme, Sur la politesse, Lettre de mademoiselle Lili, Un Péché véniel, Diplomatie de deux mamans, etc.*, de E. LEGOUVÉ. — *Petit Enfant, petit Oiseau, L'Absent, Rendez-vous, La France, La Sœur aînée, L'Enfant grondé, etc.*, poésies par Victor DE LAPRADE. — *La Jeunesse des Hommes célèbres*, de MULLER. — *Aventures d'un jeune Naturaliste, Entre Frères et Sœurs*, de Lucien BIART. — *Le petit Roi*, de S. BLANDY. — *L'Ami Kips*, de G. ASTON. — *Causeries d'Économie pratique*, de Maurice BLOCK. — *La Justice des choses*, de Lucie B***. — *Les vilaines Bêtes*, de BÉNÉDICT. — *Vieux souvenirs, Départ pour la Campagne, Bébé aime le rouge*, de Gustave DROZ.—*Le Pacha berger*, de LABOULAYE. — *La Musique au foyer*, de P. LACOME. — *Histoire d'un Aquarium, Les Clients d'un vieux Poirier*, de E. VAN BRUYSSEL. — *Histoire de Bébelle, Une Lettre inédite, Septante fois sept*, de DICKENS. — *Les Lunettes du vieux Curé, Pâquerette, Le Taciturne, etc., etc.*, de H. FAUQUEZ. — *Le petit Tailleur*, de A. GENIN. — *Curiosités de la vie des Animaux*, par P.-H. NOTH. — *Notre vieille Maison*, de H. HAVARD. — *Le Chalet des Sapins*, par Prosper CHAZEL, *etc., etc.* — *Les deux Tortues, Ce qu'on faisait à un bébé quand il tombait, Comment la petite Emma apprit à lire*, par F. DUPIN DE SAINT-ANDRÉ.

Les petites Sœurs et les petites Mamans, Les Tragédies enfantines, Les Scènes familières, et autres séries de dessins par FRŒLICH, FROMENT, DETAILLE, textes de P.-J. STAHL.

N. B. — La plus grande partie de ces livres ont été couronnés par l'Académie française.

CHAQUE VOLUME SE VEND SÉPARÉMENT

Prix : broché, **7** fr.; toile, tranches dorées, **10** fr.; relié, tranches dorées, **12** fr.

Les Nouveautés pour 1880-1881 sont indiquées par une †

Albums Stahl illustrés in-8° (1er âge)

FRŒLICH	L'A perdu de mademoiselle Babet.
—	Alphabet de mademoiselle Lili.
—	Arithmétique de mademoiselle Lili.
—	Bonsoir, petit père. — Les Caprices de Manette.
—	Cerf-Agile, histoire d'un jeune sauvage.
—	Commandements du Grand-Papa.
—	Grammaire de mademoiselle Lili. (J. MACÉ.)
—	Journée de mademoiselle Lili.
—	Lili aux Eaux.
—	Mademoiselle Lili à la campagne.
—	Monsieur Toc-Toc.
—	† Le premier Chien et le premier Pantalon.
—	L'Ours de Sibérie.
—	Le petit Diable.
—	Premier Cheval et première Voiture.
—	Premières Armes de mademoiselle Lili.
—	La Salade de la grande Jeanne.
—	La Crème au chocolat.
—	Monsieur Jujules à l'école.
L. BECKER	L'Alphabet des oiseaux.
COINCHON (A.)	Histoire d'une Mère.
DETAILLE	Les bonnes Idées de mademoiselle Rose.

Albums Stahl illustrés in-8° (suite)

FATH	Gribouille. — Jocrisse et sa Sœur.
—	Les Méfaits de Polichinelle. — Pierrot à l'École.
—	La Famille Gringalet.
FROMENT	La Boîte au lait. — Histoire d'un pain rond.
—	La Petite Devineresse.
FRŒLICH	Mademoiselle Pimbêche. — Le Roi des Marmottes.
GEOFFROY	† Le Paradis de M. Toto.
JUNDT	† L'Ecole Buissonnière.
LALAUZE	Le Rosier du petit frère.
LAMBERT	Chiens et Chats.
LANÇON	Caporal, le Chien du régiment.
MARY	Le petit Tyran.
MEAULLE	Petits Robinsons de Fontainebleau.
PIRODON	Histoire d'un Perroquet. — Histoire de Bob aîné. † La Pie de Marguerite.
PLETSCH (O.)	Les petites Amies.
SCHULER (TH.)	Les Travaux d'Alsa.
VALTON	Mon petit Frère

Albums Stahl illustrés grand in-8°

CHAM	Odyssée de Pataud et de son chien Fricot.
FRŒLICH	Mademoiselle Mouvette.
—	Monsieur Jujules et sa Sœur Marie.
—	Petites Sœurs et petites Mamans.
—	La Révolte punie.
—	Voyage de mademoiselle Lili autour du Monde.
—	Voyage de découvertes de mademoiselle Lili.
FROMENT	La belle petite princesse Ilsée.
—	La Chasse au volant.
GRISET (E.)	Aventures de trois vieux Marins. — Pierre le Cruel.
SCHULER (T.)	Le premier Livre des petits enfants.
VAN BRUYSSEL	Histoire d'un Aquarium.

Albums Stahl en couleurs in-4°

FRŒLICH	Au clair de la Lune. — La Boulangère a des écus.
—	Le bon roi Dagobert. — La Bride sur le cou.
—	Cadet-Roussel. — Le Cirque à la maison.
—	† Compère Guilleri.
—	Giroflé Girofla. — Hector le Fanfaron.
—	Il était une Bergère.
—	Jean le Hargneux *(16 planches).*
—	Malbrough s'en va-t-en-guerre.
—	La Marmotte en vie.
—	Mademoiselle Furet.
—	Mère Michel et son Chat.
—	Monsieur César. — Moulin à paroles.
—	Monsieur de la Palisse.
—	Nous n'irons plus au bois.
—	Le Pommier de Robert.
—	La Tour prends garde.
GEOFFROY	Monsieur de Crac.
—	Don Quichotte.
—	Gulliver.
—	† La Leçon d'Equitation.
DE LUCHT	La Pêche au Tigre.
MATTHIS	Métamorphoses du Papillon.
MARIE	† Mademoiselle Suzon.

Volumes in-18

AMPÈRE, Journal et Correspondance. 3 vol.

ANDERSEN, Nouveaux Contes.

B* (LUCIE)**, Une Maman qui ne punit pas. — Aventures d'Édouard et Justice des choses.

BERTRAND (A.), Les Fondateurs de l'Astronomie.

BIART (L.), Aventures d'un jeune Naturaliste. — Entre Frères et Sœurs.

BLANDY (S.), Le petit Roi.

BOISSONNAS, Une famille pendant la guerre de 1870-71.

BRACHET (A.), Grammaire historique

BRÉHAT (DE), Aventures d'un petit Parisien.

CANDEZE (Dr). Aventures d'un Grillon.

CARLEN, Un brillant Mariage.

CHAZEL (PROSPER), Le Chalet des Sapins.

CHERVILLE (DE), Histoire d'un trop bon Chien.

CLÉMENT (CH.), Michel-Ange, etc.

DESNOYERS (L.), Aventures de Jean-Paul Choppart.

DURAND (HIP.), Les grands Prosateurs. — Les grands Poètes.

EGGER, † Histoire du Livre.

ERCKMANN-CHATRIAN, L'Invasion — Madame Thérèse. — Les 2 Frères.

FATH (G.), Un drôle de voyage.

FOUCOU, Histoire du Travail.

GÉNIN, La Famille Martin.

GRAMONT (COMTE DE), Les Vers français et leur Prosodie.

GRATIOLET (P.), De la Physionomie.

GRIMARD, Histoire d'une goutte de sève. — Jardin d'acclimatation.

HIPPEAU, Cours d'Économie domestique.

HUGO (VICTOR), Les Enfants.

IMMERMANN, La blonde Lisbeth.

LAPRADE (V. DE), Le Livre d'un père.

LAVALLÉE (TH.), Histoire de la Turquie (2 volumes).

LEGOUVÉ (E.), Les Pères et les Enfants (2 volumes). — Conférences parisiennes. — Nos Filles et nos Fils. — L'Art de la Lecture.

LOCKROY (Mme), Contes à mes nièces.

MACAULAY, Histoire et Critique.

MACE (JEAN), Arithmétiq. du Grand-Papa. — Contes du Petit-Château. — Histoire d'une Bouchée de pain. — Les Serviteurs de l'estomac.

MALOT (HECTOR), Romain Kalbris.

MAURY, Géographie physique. — Le Monde où nous vivons.

MULLER, Jeunesse des hommes célèbres. — Morale en actions par l'histoire.

ORDINAIRE, Dictionnaire de Mythologie. — Rhétorique nouvelle.

RATISBONNE, Comédie enfantine.

RECLUS, Histoire d'un Ruisseau.

RENARD, Le fond de la Mer.

ROULIN (F.), Histoire naturelle.

SANDEAU (JULES), La Roche aux Mouettes.

SAYOUS, Conseils à une Mère. — Principes de Littérature.

SIMONIN, Histoire de la Terre.

STAHL (P.-J.), Contes et Récits de Morale familière. — Histoire d'un Ane et de deux jeunes Filles — La Famille Chester. — Les Histoires de mon parrain. — Les Patins d'argent. — Mon 1er voyage en mer *(adaptation)*. — Maroussia.

STAHL ET MULLER, Le nouveau Robinson suisse.

STAHL ET DE WAILLY. **Scènes de la vie des Enfants en Amérique.** — Les Vacances de Riquet et Madeleine. — Mary Bell, William et Lafaine.

SUSANE (GÉNÉRAL), Histoire de la Cavalerie (3 vol.).

THIERS, Histoire de Law.

VALLERY-RADOT, Journal d'un Volontaire d'un an.

VERNE (JULES), Autour de la Lune. — Aventures de trois Russes et de trois Anglais. — Les Anglais au pôle Nord. — Un Capitaine de 15 ans (2 vol.) — Le Chancellor. — Cinq Semaines en ballon. — Les Cinq cents millions de la Bégum. — Le Désert de glace. — Découverte de la Terre (2 vol.). — Le Docteur Ox. — Les Enfants du Capitaine Grant (3 vol.) — Les grands Navigateurs du XVIIIe siècle (2 vol.) — Hector Servadac (2 vol.). — L'Ile mystérieuse (3 vol.). † La Maison à vapeur (2 vol.). — Les Indes-Noires. — Michel Strogoff (2 vol.). — Le Pays des fourrures (2 vol.) — De la Terre à la Lune. — Le Tour du monde en 80 jours. — Les Tribulations d'un Chinois en Chine. — Une Ville flottante. — Vingt mille lieues sous les Mers (2 vol.). — Voyage au centre de la Terre. — † Les Voyageurs du XIXe siècle (2 vol.).

ZURCHER ET MARGOLLÉ. Les Tempêtes. — Histoire de la Navigation. — Le Monde sous-marin.

Volumes in-18 (suite)

Prix divers

BRACHET (A.)	Dictionnaire étymologique de la langue française.
CLAVÉ	Principes d'économie politique.
DUMAS (A.)	La Bouillie de la comtesse Berthe.
GRIMARD	La Botanique à la campagne.
MACÉ (JEAN)	Théâtre du Petit-Château.
SOUVIRON	Dictionnaire des termes techniques.

Volumes in-18 avec Cartes ou Figures

ANQUEZ	Histoire de France.
AUDOYNAUD	Entretiens familiers sur la Cosmographie.
BERTRAND	Lettres sur les révolutions du Globe.
BOISSONNAS (B.)	Un Vaincu.
FARADAY	Histoire d'une Chandelle.
FRANKLIN (J.)	Vie des Animaux, 6 vol. (non illustrés).
HIRTZ (Mlle)	Méthode de Coupe et de Confection.
LAVALLÉE (TH.)	Frontières de la France, avec Carte.
MAYNE-REID **Aventures de Terre et de Mer.**	Les Chasseurs de girafes. — Les Chasseurs de chevelures. — Le Désert d'eau. Les deux Filles du Squatter. — Les jeunes Esclaves. — Les jeunes Voyageurs. Les Naufragés de l'île de Bornéo. Les Planteurs de la Jamaïque. Les Robinsons de Terre ferme. La Sœur perdue. — William le Mousse.
MICKIEWICZ (ADAM)	Histoire populaire de la Pologne.
MORTIMER D'OÇAGNE	Les grandes Écoles civiles et militaires de France. — Historique. — Programmes d'admission. — Régime intérieur. — Sortie, carrière ouverte.
NODIER (CH.)	Contes choisis (2 volumes).
DE PARVILLE	Un Habitant de la planète Mars.
SILVA (DE)	Le livre de Maurice.
SUSANE (GÉNÉRAL)	Histoire de l'artillerie.
TYNDALL	Dans les montagnes.
WENTWORTH (HIGGINSON)	† Histoire des États-Unis.

Œuvres poétiques de Victor Hugo

ÉDITION ELZÉVIRIENNE

10 *volumes. Édition sur papier de Hollande et sur papier de Chine*

Odes et Ballades, 1 vol. — Orientales, 1 vol. — Feuilles d'Automne, 1 vol. — Chants du Crépuscule, 1 vol. — Voix intérieures, 1 vol. — Rayons et Ombres, 1 vol. — Contemplations, 2 vol. — La Légende des Siècles, 1 vol. Les Chansons des Rues et des Bois, 1 vol.

TOUS LES AGES

Albums in-folio illustrés

COLIN (A.)	Études de dessin d'après les grands maîtres.
FRŒLICH	Sept Fables de La Fontaine, illustrées de 9 planches.
GRANDVILLE ET KAULBACH	Album (œuvres choisies).
CONTES DE PERRAULT	Illustrés par G. Doré.

PUBLICATION FAITE PAR ORDRE DU MINISTRE DE LA MARINE

LA MARINE A L'EXPOSITION FRANÇAISE DE 1878

2 grands volumes in-8° accompagnés de leurs atlas

PARIS. — TYPOGRAPHIE MOTTEROZ, RUE DU FOUR, 54 *bis*

J. HETZEL & Cie, 18, rue Jacob. — PARIS.

Les Nouveautés pour 1881 sont marquées d'une *.

Bibliothèque illustrée de Mademoiselle Lili et de son cousin Lucien.

88 ALBUMS STAHL.

Albums en 3, 7, 8, 9 et 12 couleurs, dessins de FRŒLICH, GEOFFROY, MATTHIS, etc.

PRIX : *Cartonnés*, 1 fr. 50; *Reliés*, 3 fr.

*COMPÈRE GUILLERI, 8 planches.
*MADEMOISELLE SUZON, 8 planches.
*LA LEÇON D'ÉQUITATION, 8 planches.
LA MÈRE MICHEL, 8 planches.
MADEMOISELLE FURET, 8 planches.
GULLIVER, 8 planches.
LA MARMOTTE EN VIE, 8 planches.
MÉTAMORPHOSES DU PAPILLON, 8 pl.
DON QUICHOTTE, 8 planches.
LA PÊCHE AU TIGRE, 8 planches.
NOUS N'IRONS PLUS AU BOIS, 8 planches.
MONSIEUR DE LA PALISSE, 8 planches.
MONSIEUR DE CRAC, 8 planches.
LE ROI DAGOBERT, 8 planches.
GIROFLÉ, GIROFLA, 8 planches.
LE POMMIER DE ROBERT, 8 planches.
LA BRIDE SUR LE COU, 8 planches.
LA TOUR, PRENDS GARDE, 8 planches.
MALBROUGH S'EN VA-T-EN GUERRE, 8 planches.
LA BOULANGÈRE A DES ÉCUS, 8 planches.
LE CIRQUE A LA MAISON, 8 planches.
IL ÉTAIT UNE BERGÈRE, 8 planches.
LE MOULIN A PAROLES, 8 planches.
MONSIEUR CÉSAR, 12 planches.
HECTOR LE FANFARON, 8 planches.
CADET ROUSSEL, 8 planches.
AU CLAIR DE LA LUNE, 8 planches.

JEAN LE HARGNEUX, 16 planches, par FRŒLICH . . . . *Cart.* 2 fr. — 3 fr. 50 *rel.*
HISTOIRE D'UN AQUARIUM ET DE SES HABITANTS, texte par VAN BRUYSSEL, 8 dessins par RIOU . . . . *Cart.* 5 fr. — 7 fr. 50 *rel.*

PREMIER ET SECOND AGES — JEUNES FILLES — JEUNES GARÇONS.

PRIX : *Cartonnés*, 3 fr.; *Reliés*, 5 fr.

DESSINS DE FRŒLICH.

*Le 1er Chien et le 1er Pantalon . . . . 24 dessins.
La Crème au Chocolat . . . . 24 —
Monsieur Jujules à l'École . . . . 24 —
La Salade de la grande Jeanne . . . . 24 —
Alphabet de Mademoiselle Lili . . . . 30 —
Arithmétique de Mademoiselle Lili . . . . 38 —
Les Commandements du Grand-Papa . . . . 32 —
Le petit Diable . . . . 33 —
Monsieur Toc-Toc . . . . 26 —
Les 1res Armes de Mademoiselle Lili . . . . 25 —
Mademoiselle Lili aux Eaux . . . . 24 dessins.
Cerf-Agile . . . . 23 —
L'A perdu de Mademoiselle Babet . . . . 24 —
La Grammaire de Mlle Lili (J. MACÉ) . . . . 24 —
Bonsoir, petit Père . . . . 24 —
Caprices de Manette (DE CHENNEVIÈRES) . . . . 24 —
La Journée de Mademoiselle Lili . . . . 24 —
Mademoiselle Lili à la Campagne . . . . 27 —
Le 1er Cheval et la 1re Voiture . . . . 24 —
L'Ours de Sibérie . . . . 24 —

DESSINS DE FROMENT.

La petite Devineresse . . 24 dessins. | Histoire d'un Pain rond . . 34 dessins. | La Boite au Lait . . . . 24 dessins.

DESSINS DE G. FATH.

La Famille Gringalet . . . . 24 dessins.
Pierrot à l'École . . . . 33 —
Jocrisse et sa Sœur . . . . 24 dessins.
Les Méfaits de Polichinelle . . . . 32 —

DESSINS DE PIRODON.

*La Pie de Marguerite . . 24 dessins. | Histoire d'un Perroquet . . 24 dessins. | Histoire de Bob aîné . . . 32 dessins.

COINCHON. — Histoire d'une Mère . . . . 25 dessins.
DETAILLE. — Les bonnes Idées de Mlle Rose. 24 —
GEOFFROY. — *Le Paradis de M. Toto . . . . 24 —
JUNDT. — *L'École buissonnière et ses suites. 24 —
LALAUZE. — Le Rosier du petit Frère . . . . 24 —
E. LAMBERT. — Chiens et Chats . . . . 24 —
LANÇON. — Caporal, Chien du Régiment . . . 26 dessins.
A. MARIE. — Le petit Tyran . . . . 24 —
MÉAULLE. — Petits Robinsons de Fontainebleau . . . . 24 —
TH. SCHULER. — Les Travaux d'Alsa . . . . 24 —
VALTON. — Mon petit Frère . . . . 24 —

Albums gr. in-8°. — PRIX : *Cartonnés*, 5 fr.; *Reliés*, 7 fr. 50.

DESSINS DE FRŒLICH.

Monsieur Jujules . . . . 49 dessins.
Le Royaume des Gourmands . . . . 48 —
Voyage de Mlle Lili autour du Monde . . . . 49 —
Petites Sœurs et petites Mamans . . . . 49 dessins.
Mademoiselle Mouvette . . . . 49 —
La Révolte punie . . . . 45 —
Voyage de Découvertes de Mademoiselle Lili . . . . 49 dessins.

DESSINS DE GRISET.

Aventures de trois vieux Marins . . . . 38 dessins. | Pierre le Cruel . . . . 35 dessins.

DESSINS DE FROMENT.

La belle petite Princesse Ilsée . . . . 44 dessins. | La Chasse au Volant . . . . 45 dessins.

CHAM . . . . L'Odysée de Pataud . . . . 100 dessins.
TH. SCHULER . . . . Le 1er Livre des petits Enfants . . . . 32 —

Vol. gr. in-16. — PRIX : *Brochés*, 2 fr.; *Toile*, 3 fr.

PETITE BIBLIOTHÈQUE BLANCHE (1er Age).

BAUDE. — Mythologie de la jeunesse.
CHAZEL (Prosper). — *Riquette.
DEVILLERS. — Les Souliers de mon voisin.
DICKENS (Ch.). — L'Embranchement de Mugby.
DUMAS (A.). — La Bouillie de la comtesse Berthe.
FEUILLET (Octave). — La Vie de Polichinelle.
GÉNIN (M.). — Le petit Tailleur Bouton.
GOZLAN (Léon). — *Le prince Chènevis.
LA BÉDOLLIÈRE (DE). — Histoire de la mère Michel et de son Chat.
LACOME. — La Musique en famille.
LEMOINE. — La Guerre pendant les vacances.
LEMONNIER. — Bébés et joujoux.
MUSSET (P. DE). — Mr le Vent et Mme la Pluie.
NODIER (Ch.). — *Trésor des Fèves et Fleur des Pois.
OURLIAC (E.). — Le prince Coqueluche.
SAND (George). — *Gribouille.
STAHL (P.-J.). — Les Aventures de Tom Pouce.
VAN BRUYSSEL. — Les Clients d'un vieux Poirier.

MAGASIN ILLUSTRÉ D'ÉDUCATION ET DE RÉCRÉATION

COURONNÉ PAR L'ACADÉMIE FRANÇAISE.

DIRECTEURS : JEAN MACÉ, P.-J. STAHL, JULES VERNE.

Abonnement d'un an : Paris, 14 fr.; Départements, 16 fr.; Union postale, 17 fr.

Strasbourg, typogr. de G. Fischbach, succr de G. Silbermann. — 2804.

www.ingramcontent.com/pod-product-compliance
Ingram Content Group UK Ltd.
Pitfield, Milton Keynes, MK11 3LW, UK
UKHW012258240726
13966UKWH00004B/1472